ÉTRENNES

À MESSIEURS

LES CHEVALIERS

DU BOIS ROULANT,

PAR UN DE LEURS CAMARADES.

Troisième edition augmentée de plusieurs pièces

MONTPELLIER

IMPRIMERIE L. CRISTIN ET Cᵉ, RUE VIEILLE-INTENDANCE, 5

1873.

L'auteur de cette brochure, qu'il destine à ses amis les plus intimes, n'a aucune prétention. C'est un poète à la *courte haleine* qui aime à égayer en rimant ses confrères, les Chevaliers du bois roulant, et ses compagnons de table. La plupart des pièces de vers qui figurent ici, avaient déjà paru dans une première brochure dont l'édition, tirée à un petit nombre d'exemplaires, est aujourd'hui épuisée. Certains de mes amis m'ont engagé à les réimprimer, en en ajoutant quelques-unes qui n'ont pas de rapport au jeu de mail, où je vais puiser la santé avec mes inspirations poétiques.

Le Retour d'un Vétéran [1]

Le noble Jeu de Mail souffrait de ton absence,
Cher Anglais ! aujourd'hui nous fêtons ta présence,
Tu nous vois tous en joie. Il nous tardait, ami,
De te serrer la main, de te revoir ici,
De contempler enc'or ta face débonnaire,
Tes yeux bleus, réflétant ton heureux caractère,
Et ta gaîté si franche. Il nous tardait aussi
De te revoir lançant, toujours droit comme un *i*,
Ta boule dans l'espace, ou manquant quelque touche,
Bien facile pourtant, d'entendre de ta bouche
Sortir un gros juron. As-tu pu nous laisser
Seize mois tout entiers ! Nul n'a su remplacer
Ce convive joyeux, qui pleurait de tendresse
Quand un vin généreux d'oublant son allégresse,
Il nous embrassait tous, mais non sans chanceler.
Et nous n'étions pas seuls, ingrat, à t'appeler !

---

[1] Vers lus devant l'élite des Chevaliers du bois roulant, pour célébrer le retour de leur camarade l'Anglais Ward, après une assez longue absence.

Pendant que, sans songer à notre impatience,
Tu faisais trop pour nous durer ta longue absence,
Pierrot, ton cher Pierrot, chaque jour t'attendait.
Dans un repos forcé son ardeur s'éteignait.
Il demandait son maître, et quelquefois chez Coste
Cette perle des chiens allait prendre son poste,
Mais ne t'y trouvait pas. Ce roi des chiens chercheurs,
Qui de Dumolard même affronte les fureurs,
Que ni le Verdanson, ni muraille n'arrête,
Et que Soulas devrait nourrir à la brochette,
Ce Compagnon fidèle, à peine revenu
Au seul son de ta voix d'instinct t'a reconnu.
Pour tes boules, Jouillé, tu peux être tranquille ;
On ne te verra plus revenir à la ville
Avec ta poche vide et ton écot perdu.
Amis, notre Doyen nous est enfin rendu :
A sa santé buvons une bonne rasade.
Pour fêter le retour de notre camarade,
De cette salle encor l'écho retentira
Du cri connu de tous : Hourra ! hourra ! hourra !

Réponse à un article paru dans un petit journal de Montpellier, intitulé LE PAPILLON.

Un jeune prosateur, dissertant sur le mail,
A prétendu citer tous les noms en détail
Des meilleurs Chevaliers ; mais sa liste imparfaite
Taisant d'illustres noms, il faut que je complète
Ce que, soit ignorance, ou, peut-être, dépit
De quelque échec reçu, sa plume n'a pas dit.
Je rends sans doute hommage aux beaux noms qu'elle cite;
Je reconnais l'adresse et le vaillant mérite
Des Duval, des Petit, des Coste et des Grasset,
Mais passer sous silence et Baumes et Bousquet,
Et le fameux Soulas à la force invincible,
Et de Paul Garbouleau la lève irrésistible,
Des beaux coups de Brunel omettre la vigueur,
Ne pas dire un seul mot de Benoît le frondeur,
Du jovial Bardon nous taire la souplesse,
Ainsi que de Reboul la trop heureuse adresse,
C'est un crime, à mes yeux, de lèse-majesté.
Et puis l'on parlera de l'hospitalité

Qu'envers les étrangers nous pratiquons en France,
Lorsque, par amour propre ou bien par négligence,
Oubliant tout-à-fait les services rendus
Par de preux Chevaliers de tout le mail connus,
L'auteur susdit omet l'Angleterre et la Grèce !
De Ward, l'ami de tous, vanterai-je l'adresse,
Et le jeu hasardeux de Constantin Pappas,
Qui jouerait bien mieux s'il levait moins les bras ?
Parlerai-je de l'oncle, au mail court mais terrible,
Qui prétend mériter le titre d'invincible,
Et que tous ses rivaux nomment *frotte-mutin ?*
Pour le battre il faudrait qu'on se levât matin.
Conçoit-on qu'on ait pu te passer sous silence,
Richard, toi dont le nom veut dire l'élégance !
Beau joueur ! sous ton bras adroit et vigoureux
La boule part docile et vole jusqu'aux cieux ;
Pour clore enfin ma liste il faut citer Carrière,
Joueur sage et correct, que l'humeur tracassière
De certains chevaliers n'a jamais pu troubler,
Et qui, lorsqu'il le veut, sait les faire trembler.
Des chiens chercheurs aussi la troupe intelligente
Mérite, à mon avis, une place importante.
Le vétéran Pierrot s'avance au premier rang ;
L'âge n'a pas éteint la chaleur de son sang.
Je place à son côté la tranquille Finette,
Qui d'un pas lent mais sûr dans les vignes furette.
Les boules qu'elle trouve au milieu des enclos

Son maître les enferme en divers entrepôts,
Qu'il consent à vider pour ses nombreux confrères,
Plus prodigue en cela que beaucoup de nos frères.
Je ne t'oublirai pas, Follet, toi plein d'ardeur,
Ni Mire, ni Brillant qui court avec fureur,
Indocile parfois à la voix qui l'appelle.
Enfin, de Nougaret le compagnon fidèle,
Blac, non moins gras que lui, devait être cité
Pour son bon caractère et son obésité.
Aujourd'hui c'est Vasco, c'est Bok l'infatigable
Qui découvrent, doués d'un instinct admirable,
La boule que Gay lance avec son bras nerveux
Et qui s'égare au fond d'un buisson épineux.

Complainte sur la décadence du Jeu de Mail.

Enfants de Montpellier, race alerte et vaillante,
Vous dont la noble ardeur, que tout le monde vante,
De vos pères jadis imitant la valeur,
Entretenait du corps l'adresse et la vigueur,
Laisserez-vous périr, par votre indifférence,
Le noble Jeu de Mail ? ingrats ! quelle inconstance

Vous fait abandonner ce roi de tous les jeux,
Qu'avec un soin jaloux pratiquaient vos aïeux ?
Avez-vous oublié quel immense service
Rend à votre santé cet utile exercice ?
Autrefois, quand le mail était en grand honneur,
De tant d'infirmités connaissait-on l'horreur ?
Voyait-on des goutteux et des paralytiques,
Et ces tempéraments rendus apoplectiques
Par l'abus du repos et l'air empoisonné
Qu'on respire au café toujours emprisonné ?
Ah ! vous n'éprouvez pas ce plaisir ineffable
Que nous goûtons assis autour de cette table,
Lorsqu'ayant en hiver joué tout le matin,
Et respiré l'air frais d'un ciel pur et serein,
A l'appel de Viala, ce cuisinier d'élite,
Nous venons tous répondre et goûter son mérite !
On monte, on prend sa place ; un robuste appétit
Fait vider tous les plats. Ici nul ne faiblit.
Non, pour le déjeûner il n'est point de mazette ;
Tous savent à ravir manier la fourchette.
Jouillé, Maurin, Duval nous l'ont trop bien appris,
Sans compter de Teulon les préceptes exquis.
Pour les mieux inculquer il y joint la pratique ;
A le bien imiter chacun de nous s'applique.
Quand vainqueurs et vaincus ont assouvi leur faim,
Commencent sur les coups de beaux discours sans fin.
Là, Baumes, sans appel, assigne à tous leur place ;

D'un ton d'autorité c'est sa voix qui nous classe,
Rien n'est sacré pour lui, ni le jeu de Soulas,
Ni celui de l'Anglais, de Bonnel, de Pappas.
Après Baumes, Petit, joueur de grand mérite,
Qui, lors même qu'il perd, jamais ne se dépite,
Raisonne sur ses coups, manqués par pur hasard,
Se prétend malheureux et discute avec art.
Enfin, quand du café la liqueur est versée,
Et que de discuter la rage est affaissée,
Des chanteurs complaisants, Miécamp et Bousquet,
De leur charmante voix nous offrent le bouquet.
Voilà les doux plaisirs que le Jeu de Mail donne,
Plaisirs purs qu'aujourd'hui la jeunesse abandonne.

Habitants du *Clapas* suivez donc mon conseil,
Consacrez vos loisirs à ce jeu sans pareil.
Un étranger connu, fixé dans notre ville,
Laissa pour s'y livrer, son pays, sa famille.
Et vous enfants du crû, vous laisseriez périr
L'usage de ce jeu que vous devriez chérir!
Allez prendre vos mails, luttez avec ces armes;
Jamais on ne les vit faire couler des larmes.

Le Quadrilatère du Jeu de Mail.

Rien n'inspire le goût de ce jeu salutaire,
Mieux que ce quatuor, nommé quadrilatère.
Pour oser s'attaquer à ces fameux guerriers,
Il faut compter parmi les meilleurs Chevaliers ;
Place plus redoutable et bien plus renommée
Que celles devant qui s'arrêta notre armée !
Le grand maître Jouvaux en est le commandant.
De cet illustre chef le mérite éclatant
Brave ses détracteurs. Ses états de service
Prouvent qu'au Jeu de Mail ce n'est pas un novice.
Les élèves formés par ses conseils savants
Raconteront ses coups à leurs petits enfants.
Ils leur diront qu'il fut joueur fin, marcheur leste,
Intrépide toujours et cependant modeste.
Sa longue expérience analyse avec art
Les coups les plus scabreux, car l'aveugle hasard
N'est qu'un vain mot pour lui. Faut-il avec audace
Franchir un coin du jeu ? Sa boule dans l'espace
S'envole prise au centre et traverse les champs.
De ce coup ses rivaux lui font leurs compliments ;
Mais lui dédaigne tout, et fort de son mérite
Il dit que rien n'arrête un Chevalier d'élite.
Quelquefois cependant un obstacle imprévu,
Que son œil exercé n'avait point aperçu,

Vient tromper son adresse, et, contre son attente,
Jeter sa boule à droite (une fois sur cinquante) ;
Sans se désespérer, il redouble d'ardeur
Et par un coup brillant répare ce malheur.
S'il se présente un cas douteux et difficile,
Il tranche la question en professeur habile,
Et toujours son avis a fait autorité,
Tant de tous les joueurs son nom est respecté.
Ce vétéran du mail choisit pour adversaire
Arlès au bras robuste, ou le brillant Carrière,
Ou le sage Maurice, ou le fougueux Desplan,
Tous quatre Chevaliers placés au premier rang.
Guidés par un tel maître, ils ne craignent personne,
Et ne tolèrent pas que l'un d'entre eux caponne.
Ce fameux quatuor s'amuse à petits frais,
Exemple édifiant, que pour moi je suivrais,
Si j'étais plus rangé. Quand le quadrilatère
Avec rage a joué la matinée entière,
Les vaincus, chapeau bas, saluent en passant
La *touche* qu'ils n'ont pu *toucher* en finissant.

C'est là le seul tribut que coûte la défaite ;
Il suffit aux vainqueurs, c'est pour eux une fête.
Bien plus sobres que nous, ils savent s'épargner
Les inconvénients d'un trop bon déjeûner.

Vers lus à l'occasion de la remise des gants par FOUQUE à Richard GORDON.

Avant de terminer son illustre carrière,
Le regretté François, pour son œuvre dernière,
Avait remis à Fouque, élève et successeur,
Bien digne d'un tel choix, les gants, de sa valeur
Emblème convoité, précieux héritage.
« Mon cher fils, lui dit-il, reçois ce témoignage
» De mon amour pour toi. Cette unique faveur
» Te vaut le premier rang et t'assure l'honneur
» De marcher le premier de la troupe intrépide
» A qui tu serviras et de chef et de guide.
» Par ce don tu seras le roi du Jeu de Mail.
» De tes rivaux jaloux deviens l'épouvantail,
» Comme le fut ton maître, à qui le poids de l'âge
» Ne permet plus, hélas! d'exercer son courage. »
Une larme furtive accompagna ces mots.
Fouque accepta les gants, le plus beau des dépôts
Que pût ambitionner ce Chevalier d'élite ;
Et les nombreux lauriers conquis par son mérite
Ont prouvé qu'en ses mains ce gage vénéré
De l'illustre Grasset n'a pas dégénéré.
Mais lui-même aujourd'hui, satisfait de sa gloire,
Remet ce gage heureux qui promet la victoire,

Aux mains d'un chevalier digne de l'obtenir.
Qui mieux que toi, Richard, aurait-il pu choisir ?
Richard aux coups brillants, qu'aucun joueur n'égale,
Dont l'adresse est célèbre et l'humeur joviale ?
Ton caractère heureux t'a fait l'ami de tous.
De tes nombreux succès personne n'est jaloux.
Elève de Grasset tu lances avec grâce
Ta boule qui part droit et dévore l'espace.
Modeste et complaisant tu prends même Pappas
Pour seconder tes coups quand tu combats Soulas ;
Ami, reçois les gants. Puisse de ta vaillance
Ta main garder longtemps la juste récompense.
Les sommités du mail ont approuvé le choix
Que Fouque de ton bras fait ici par ma voix.
Sois donc fier de régner sur cet aréopage,
Qui t'a souvent prouvé sa force et son courage.
Il suffit de nommer Baumes et Garbouleau,
Et Loirette, Reboul, Daumas, Ward le flambeau
Des vétérans du mail, Coulet au bras terrible,
Sans, Miécamp, Bardon et Jouveau l'invincible,
Et Maurin qui promet, et peut-être Pappas ·
Je me trompe, Messieurs, je veux dire Soulas.
Pour célébrer ce jour, qu'une gaîté complète
Règne parmi nous tous. Couronnons cette fête
En portant la santé de Fouque et de Gordon,
Et toi, Ward, aujourd'hui tu t'en iras *Ivron*.

Vers lus à l'occasion de la fermeture du Mail.

Nos beaux jours sont passés, le jeu de Mail se ferme,
De nos joyeux défis voici venir le terme!
Ce repas solennel qui nous rassemble ici
Est l'oraison funèbre où ce jeu favori
Reçoit des chevaliers le bruyant témoignage
De leurs tristes regrets!.... Mais pourquoi ce langage,
Et pourquoi ces adieux? Tout revit ici-bas.
Rassurez-vous, amis, car le mail ne meurt pas,
Et semblable au Phénix qui renaît de sa cendre,
Il revient tous les ans. Il faut savoir attendre
Le retour d'un ami, si ce retour est sûr.
Quand des champs d'alentour le blé sera bien mûr,
Et que du moissonneur la faucille tranchante
A peine aura coupé la gerbe jaunissante,
Nous reprendrons nos mails, après un court repos,
Pour lutter de nouveau plus frais et plus dispos.
En attendant ce jour, amis, je vous propose
Un toast aux Chevaliers. Que chacun se dispose
A déposer son arme, à bien mettre à profit,
Pour la reprendre encor, cet utile répit.

Réponse à mon ami A* de Paris, qui se plaint de ce que
je ne l'ai pas nommé dans mes vers sur le Mail.

Ma verve poétique encor n'est pas tarie.
Quand tu seras de force à faire la partie
Avec les chevaliers tenant le premier rang,
Quand pour ce noble jeu tu deviendras ardent
Comme Baumes le fut, comme Ward l'est encore,
Quand pour aller au jeu, tu seras dès l'aurore
Exact au rendez-vous, quand laissant là Paris
Tu viendras parmi nous pour disputer le prix
Aux Preux du bois roulant, ma muse alors docile
Chantera tes exploits, te citant à la file
Des Fouque, des Bousquet, des Ward, des Garbouleau,
Des Reboul, des Petit et du fameux Jouveau.
Ainsi, mon cher ami, j'attends que ta présence
Me force à ton égard de rompre le silence.

Avis à mon ami Nougaret.

Nougaret a grandi! Élève du grand maître
Et fier de ses succès, il croit se compromettre
En jouant à l'égal avec quelque panard ;
Mais il s'est corrigé, vraiment, un peu trop tard.
Qui ne se souvient donc de cette pose unique
Que garda si longtemps ce joueur excentrique,
Quand prenant de côté sa boule qu'il manquait,
D'un signe accusateur souvent il la marquait ?
Ami, que ton passé te rende plus modeste,
Car ton orgueil un jour pourrait t'être funeste.
Oui, Maurel et Pappas, amis de quarante ans,
Te forceront, peut-être, à leur céder les gants,
Symbole de la force. Ils sauront te combattre,
Et tout panards qu'ils sont, ils pourraient bien te battre.

Vers lus par une Élève à la suite de la remise de la médaille d'argent à Mademoiselle P* par M. l'Inspecteur.

———~~~———

MADEMOISELLE,

D'un ministre éclairé l'équitable bonté
Vient de vous accorder le prix bien mérité
De votre amour pour nous. Votre sollicitude
Nous entoure de soins. Votre constante étude
Est d'orner notre esprit, de former notre cœur
Et de nous inspirer ce qui fait le bonheur,
L'amour du vrai, du bon. Voilà, chère maîtresse,
Ce que dans vos leçons apprend notre jeunesse.
Aussi de quelle joie a bondi notre cœur
Quand vous avez reçu cette insigne faveur
Que le ministre accorde à votre vrai mérite !
C'est le prix qui n'est dû qu'aux maîtresses d'élite.
La médaille d'argent désormais brillera
A côté de sa sœur et, comme elle, attendra
Que la médaille d'or, reçue la dernière
Couronne noblement votre belle carrière.

Vers composés pour remercier mes élèves de la pension P*, à l'occasion
d'une belle médaille d'or qu'elles ont fait frapper à la monnaie de
Paris à mon intention, le 15 janvier 1869.

CHÈRES DEMOISELLES,

Me voilà donc médaillé, non par son Excellence,
Mais par vous. Votre don à ma reconnaissance
A conquis aujourd'hui le plus sacré des droits.
Quand ma main l'a reçu, j'ai senti que ma voix
A vous remercier devenait impuissante ;
Mais si d'émotion ma bouche était tremblante,
Mon cœur n'en a pas moins éprouvé vivement
Le plus doux des plaisirs, quand votre beau présent,
Pour moi de votre estime éclatant témoignage,
A mes yeux a brillé, comme un précieux gage
De votre affection. Puisse mon zèle ardent
Encor longtemps répondre à ce doux sentiment !
Mais quand l'âge viendra me sonner la retraite,
Qu'à donner mes leçons je n'aurai plus la tête,
Je me rappellerai ce jour avec bonheur,
Car la médaille d'or sera ma croix d'honneur !

Vers lus à table pendant la guerre de 1870 à Pennycotage, petite
maison de campagne appartenant à un de mes amis.

De ce banquet, mon cher Gordon
Nous bannissons la politique,
Sans en bannir, comme Platon
Le faisait de sa République,
La musique et la poësie.
Qu'ici la joie et la folie
Éclatent en joyeux propos :
Ce jour est fait pour le repos.
Respirons l'air de la campagne,
Et noyons tous dans le Champagne
Nos soucis et nos travaux,
Car ces instants sont courts et beaux.
Nous reprendrons demain la vie,
Selon moi peu digne d'envie
Du cabinet et du travail,
En revenant dans le bercail.

. Vers lus à Pennycotage, à table, le 27 mai 1871.

Loin, bien, loin, mes amis, le cliquetis des armes,
Plus de guerre entre nous, plus de sang, plus de larmes,
Formons une nation de bons républicains,
Ennemis des combats, des dévots sacristains,
Des rois, des empereurs et de leur entourage.
Pour la nouvelle France il s'ouvre un second âge
Où chaque citoyen jouira de ses droits
Et de ses libertés en respectant les lois.
Pennycotage et toi Gordon, notre hôte aimable,
Tu nous as réunis ce soir à cette table
Pour nous faire oublier nos désastres passés.
De politique, hélas ! nous en avons assez.
Noyons-la dans ce vin dont la pourpre brillante
Attire les regards et rend l'âme contente.
Richard fais circuler la liqueur de ton crû.
Miécamp chante mieux quand il en a bien bu.
Puissions-nous souvent répéter cette fête,
Car pour moi, qui n'ai pas une trop forte tête,
Entre nous je dirai qu'ici je suis moins mal
Qu'au sein du solennel Conseil municipal.
En terminant, Messieurs, comme faveur unique
Je réclame de Ward le Hourra britannique.

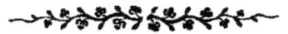

Réponse à un compliment en vers qui m'a été adressé par un
de mes élèves L. D.

—————

MON CHER L.

Un savant prosateur (1) voulant un beau matin
Sur Pégase rétif, qui n'était pas en train,
Se hisser malgré lui, fit une chute affreuse.
Du divin coursier l'épreuve est dangereuse ;
Il faudrait comme toi savoir le manier :
N'est pas quiconque veut adroit cavalier.
Ainsi, ne voulant pas imiter Mallebranche,
J'aime mieux m'accrocher à la solide branche
De la vulgaire prose, et me mettre à l'abri
Du reproche qu'en vers je suis un apprenti.

—————

A Mademoiselle*** en lui remettant ma photographie
en échange de la sienne.

Dans cet échange de portraits
N'êtes-vous pas vraiment de perte ?
Que vous représentent mes traits ?
Un âge où l'on n'est plus alerte.

(1) Un plaisant a prétendu que Mallebranche fit ces deux vers :

Il fait aujourd'hui le plus beau temps du monde
Pour aller à cheval sur la terre et sur l'onde.

Mes cheveux blancs, c'est le passé,
C'est le regret, c'est la vieillesse;
Vos cheveux noirs, c'est la jeunesse ;
C'est l'avenir : c'est bien assez !

Toast aux FRAISES, mon Fruit de prédilection.

Salut ô fruit exquis, ô fruit hygiénique
Qui me guéris un jour d'une affreuse colique ! (1)
Tout m'attire vers toi, ton parfum, ta couleur.
Ton goût acidulé tempère la douceur
Du miel Américain, par un heureux mélange,
Et te donne le droit d'être le mets d'un ange.
Gloire de Mudaison et de son noble crû,
Reçois donc mon hommage et sois le bien venu.
Fleuris longtemps encor pour moi qui t'apprécie.
Qu'aucun cruel fléau jamais, plante chérie,
N'attaque ton beau fruit, que Crassous et Bonnet,
Charmants amphitryons (qui ne le reconnaît ?)

---

(1) Un jour je fus guéris d'une dyssenterie qui me tourmentait fort, en
mangeant une assez grande quantité de fraises. Je soumets ce cas à l'ap-
préciation des médecins homéopathes.

Savent si bien servir à la bande joyeuse
Des preux du bois roulant, cohorte tapageuse.
Tu braveras longtemps l'affreux phylloxera :
Si la Vigne s'en va, la Fraise restera.

A la Fontaine de Vaucluse, septembre 1864.

Toi que chanta Pétrarque avec le nom de Laure,
Ce nom que les échos nous redisent encore,
Que ton flot bouillonnant, grossi par la tempête
S'élance avec fureur et que rien ne l'arrête,
Ou que ton eau tarie abaisse son niveau,
J'éprouve à te revoir un plaisir tout nouveau.

Vers composés dans mon voyage en Suisse, août 1873.

O beau lac du Léman, dont les eaux azurées
Font passer sur tes bords de si douces soirées !
Que de fois j'ai rêvé, parcourant les prés verts
Qui bordent ton rivage et ces chalets couverts
De toits étincelants! Quel charme incomparable
J'éprouve en regardant cette chaîne admirable

Des Alpes que domine le front de ce géant,
Qu'une neige éternelle enveloppe et défend !
Flots heureux qui baignez un sol libre et paisible,
Puissé-je, délivré de tout travail pénible
Vivre et mourir ici, suivant ma volonté,
Respirant chaque jour l'air de la liberté !

AUX CHARMETTES

août 1873.

Charmante solitude, asile fortuné
Qui possédas Rousseau, génie infortuné,
Philosophe sublime, écrivain admirable,
De tous les préjugés adversaire intraitable.
Quand je foulai la terre où tes maux se calmèrent,
J'interrogeai le sol où tes pas s'imprimèrent.
Il me semblait te suivre errant dans les vallons,
Préparant ton *Émile* ou bien tes *Confessions*.

www.ingramcontent.com/pod-product-compliance
Lightning Source LLC
Chambersburg PA
CBHW070911200626
46818CB00006BA/2473